CE QUE
DISENT
NOS MORTS

ANATOLE FRANCE

CE QUE DISENT NOS MORTS

PARIS, R. HELLEU, ÉDITEUR

MCMXVI

II. NOVEMBRIS
MDCCCCXV

CE QUE DISENT NOS MORTS

IL n'est pas besoin de rappeler le souvenir de ceux qui nous furent chers & ne sont plus, à notre peuple qui passe, non sans raison, pour célébrer avec ferveur le culte des morts. N'est-ce pas en France, au dix-neuvième siècle, qu'est née cette philosophie qui met au rang des premiers devoirs de l'homme la reconnaissance envers les générations qui nous ont précédés dans la tombe, en nous laissant le fruit de leurs pensées & de leurs travaux? Certes la religion des

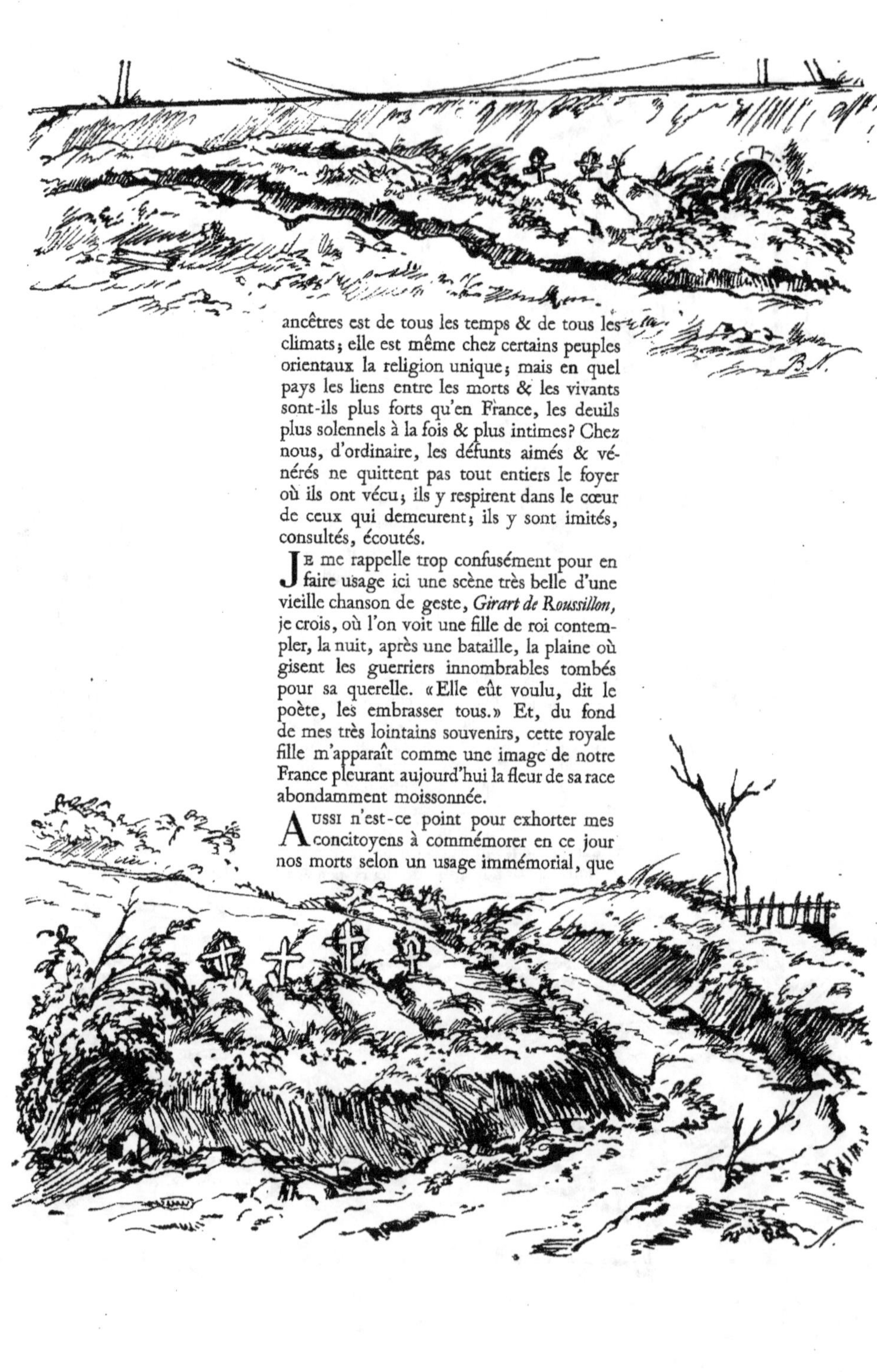

ancêtres est de tous les temps & de tous les climats; elle est même chez certains peuples orientaux la religion unique; mais en quel pays les liens entre les morts & les vivants sont-ils plus forts qu'en France, les deuils plus solennels à la fois & plus intimes? Chez nous, d'ordinaire, les défunts aimés & vénérés ne quittent pas tout entiers le foyer où ils ont vécu; ils y respirent dans le cœur de ceux qui demeurent; ils y sont imités, consultés, écoutés.

JE me rappelle trop confusément pour en faire usage ici une scène très belle d'une vieille chanson de geste, *Girart de Roussillon*, je crois, où l'on voit une fille de roi contempler, la nuit, après une bataille, la plaine où gisent les guerriers innombrables tombés pour sa querelle. « Elle eût voulu, dit le poète, les embrasser tous. » Et, du fond de mes très lointains souvenirs, cette royale fille m'apparaît comme une image de notre France pleurant aujourd'hui la fleur de sa race abondamment moissonnée.

AUSSI n'est-ce point pour exhorter mes concitoyens à commémorer en ce jour nos morts selon un usage immémorial, que

j'écris ces lignes, mais pour honorer avec notre peuple tout entier ceux qui lui ont sacrifié leur vie & pour méditer la leçon qu'ils nous donnent du fond de leurs demeures profondes.

Et tout d'abord, à la mémoire des nôtres, associons pieusement la mémoire des braves qui ont versé leur sang sous tous les étendards de l'Alliance, depuis les canaux de l'Yser jusqu'aux rives de la Vistule, depuis les montagnes du Frioul jusqu'aux défilés de la Morava, & sur les vastes mers.

Puis, offrons les fleurs les plus ardentes & les plus nobles palmes aux innocentes victimes d'une atroce cruauté, aux femmes, aux enfants martyrs, à cette jeune infirmière anglaise, coupable seulement de générosité & dont l'assassinat a soulevé d'indignation tout l'univers.

Et nos morts, nos morts bien aimés! Que la patrie reconnaissante ouvre assez grand son cœur pour les contenir tous, les plus humbles comme les plus illustres, les héros tombés avec gloire à qui l'on prépare des monuments de marbre & de bronze &

qui vivront dans l'histoire, & les simples qui rendirent leur dernier souffle en pensant au champ paternel.

Que tous ceux dont le sang coula pour la patrie soient bénis! Ils n'ont pas fait en vain le sacrifice de leur vie. Glorieusement frappés en Artois, en Champagne, en Argonne, ils ont arrêté l'envahisseur qui n'a pu faire un pas de plus en avant sur la terre sacrée qui les recouvre. Quelques-uns les pleurent, tous les admirent, plus d'un les envie. Écoutons-les. Tendons l'oreille : ils parlent. Penchons-nous sur cette terre bouleversée par la mitraille où beaucoup d'entre eux dorment dans leurs vêtements ensanglantés. Agenouillons-nous dans le cimetière, au bord des tombes fleuries de ceux qui sont revenus dans le doux pays, & là, entendons le souffle imperceptible & puissant qu'ils mêlent, la nuit, au murmure du vent & au bruissement des feuilles qui tombent. Efforçons-nous de comprendre leur parole sainte. Ils disent :

FRÈRES, VIVEZ, COMBATTEZ, ACHEVEZ NOTRE OUVRAGE. APPORTEZ LA VICTOIRE ET

LA PAIX À NOS OMBRES CONSOLÉES. CHASSEZ
L'ÉTRANGER QUI A DÉJÀ RECULÉ DEVANT NOUS,
ET RAMENEZ VOS CHARRUES DANS LES CHAMPS
QUE NOUS AVONS IMBIBÉS DE NOTRE SANG.

Ainsi parlent nos morts. Et ils disent
encore :

FRANÇAIS, AIMEZ-VOUS LES UNS LES
AUTRES D'UN AMOUR FRATERNEL ET, POUR
PRÉVALOIR CONTRE L'ENNEMI, METTEZ EN
COMMUN VOS BIENS ET VOS PENSÉES. QUE PARMI
VOUS LES PLUS GRANDS ET LES PLUS FORTS
SOIENT LES SERVITEURS DES FAIBLES. NE MAR-
CHANDEZ PAS PLUS VOS RICHESSES QUE VOTRE
SANG À LA PATRIE. SOYEZ TOUS ÉGAUX PAR LA
BONNE VOLONTÉ. VOUS LE DEVEZ À VOS MORTS.

VOUS NOUS DEVEZ D'ASSURER, À NOTRE
EXEMPLE, PAR LE SACRIFICE DE VOUS-MÊMES,
LE TRIOMPHE DE LA PLUS SAINTE DES CAUSES.
FRÈRES, POUR PAYER VOTRE DETTE ENVERS
NOUS, IL VOUS FAUT VAINCRE, ET IL VOUS
FAUT FAIRE PLUS ENCORE : IL VOUS FAUT MÉ-
RITER DE VAINCRE.

Nos morts nous ordonnent de vivre &
de combattre en citoyens d'un peuple
libre, de marcher résolument dans l'ouragan

de fer vers la paix qui se lèvera comme une belle aurore sur l'Europe affranchie des menaces de ses tyrans, & verra renaître, faibles & timides encore, la JUSTICE & l'HUMANITÉ étouffées par le crime de l'Allemagne.

VOILÀ ce qu'inspirent nos morts à un Français que le détachement des vanités & le progrès de l'âge rapprochent d'eux.

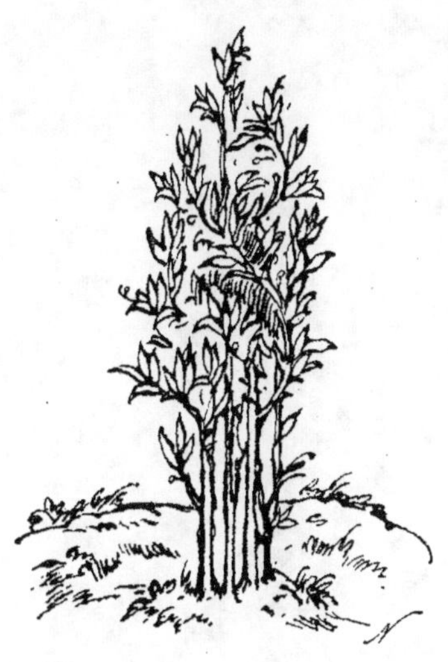

LE TEXTE DE M. ANATOLE FRANCE A ÉTÉ
DÉCORÉ PAR BERNARD NAUDIN ET ÉDITÉ
PAR R. HELLEU. TIRÉ À QUATRE MILLE
EXEMPLAIRES, IL A ÉTÉ ACHEVÉ D'IM-
PRIMER, SUR LES PRESSES DE L'IMPRI-
MERIE NATIONALE, PAR STÈGRE, PRESSIER,
S. MOUTOU ÉTANT DIRECTEUR, LE II MAI 1916.

Bernard Naudin

www.ingramcontent.com/pod-product-compliance
Lightning Source LLC
LaVergne TN
LVHW021753030726
842523LV00003B/1000